KB123544

# 홀로 걷던 나의 마음을 만지다

# 홀로 걷던 나의 마음을 만지다

2019년 11월 11일 초판 1쇄 발행
2019년 11월 11일 초판 1쇄 인쇄

**지은이** | 김수연, 이다혜

**인쇄** | 예인아트

**펴낸이** | 이장우
**펴낸곳** | 꿈공장 플러스
**출판등록** | 제 406-2017-000160호
**주소** | 경기도 파주시 회동길 301 (파주출판도시)
**전화** | 010-4679-2734
**팩스** | 031-624-4527
**이메일** | ceo@dreambooks.kr
**홈페이지** | www.dreambooks.kr
**인스타그램** | @dreambooks.ceo

© 김수연, 이다혜 2019

잘못 만든 책은 구입하신 서점에서 바꾸어 드립니다.

꿈공장+ 출판사는 모든 작가님들의 꿈을 응원합니다.
꿈공장+ 출판사는 꿈을 포기하지 않는 당신 곁에 늘 함께하겠습니다.

이 책은 저작권법에 의해 보호받는 저작물이므로 무단전재와 무단복제를 금합니다.

ISBN | 979-11-89129-45-3

정 가 | 12,000원

홀로 걷던 나의 마음을 만지다

〈언젠가 우리의 마음에도 봄이 오겠죠〉

**김수연**

# 〈처음 살아보는 오늘을 위해〉

## 이다혜

시인의 말 69

〈언젠가 우리의 마음에도 봄이 오겠죠〉

김수연

우리의 마음에도
얼굴이 있고 몸이 있고,
팔이 있고 다리가 있을까요.

지금 우리의 마음은 어떤
표정을 짓고,
몸짓을 하고 있으며
어디에 상처가 나 있을까요.

오늘, 당신의 마음을
한 번 들여다보세요.

# 마음의 병

마음에 병이 난 것이
무엇이 그리도 죄라고
나는 숨고 또 숨었는가

불어오는 바람에
삶을
죽음을
맡겼는가

아,
나를 부끄러워한 것은
그 누구도 아닌 나였구나

# 병원

몸이 아파 병원에 가는데
5분이라는 시간이 걸렸다

마음이 아파 병원에 가는데
5년이라는 시간이 걸렸다

몸은 아프다고 소리쳤고
마음은 아픔을 숨죽이며 참았다

마음도 소리를 낼 수 있다면

아니,

소리 내어 울어도 된다는 것을
누군가 말해주었다면

# 작별

밤이 되면 유독 잠들어 있던
몸의 신경들은 활발하게 움직여
밤에 피어나는 눈(眼)은
내 안의 나를 비춘다

우울한 거울에 나를 가두면
세월은 내 얼굴에 그림을 그려놓고
나는 매일, 또 다른 나와 마주한다

숨은 그림에 귀를 대고 들으면
외로이 혼자 앉아있는
아이의 울음소리가 들리고
세상을 증오하는 절규가 들려온다

거울을 바라본다
한숨으로 가득한 고요가 몰려온다
밤은 내가 몰랐던 나를 불러온다

거울이 눈물을 흘린다
눈은 웃는다

나는 그렇게 날마다
또 다른 나와 작별을 한다

## 상관관계(相關關係)

마음에게 물었다

내가 천둥이 치는 배(腹)에서
먹은 것을 토해내고
영혼이 파리해질 때
너는 왜 죽음을 꿈꿨냐고

마음이 대답한다

그러는 당신은
내가 죽음을 꿈꿀 때
왜 명치에 바늘을 꽂고
위(胃)에 구멍을 내었나요

# 죽음

죽음은 그저 먼 이야기인 줄 알았지
매일 죽음에 목말라했었을 때에도

죽는 건 참으로 어려워
가까이에 있는 것 같으면서도
멀리 있었지

그러나 가끔씩
내가 사랑했던 꽃들이 질 때면
생각했네

죽음은 한순간도
나에게서 멀리 떨어져 있지 않았노라

## 우울에게

힘들다고
울지 못하는 이여

말하지 않으면
누구도 아픔을
몰라주는 이여

말을 해도
가슴에
가시만 꽂히는 이여

곪고 곪아
생의 마지막에서야
터져버리는 이여

소리쳐라
울부짖어라

누군가 한 명쯤은
너의 말을
들어줄 것이니

# 태풍

바람은 분노로 가득한 한숨을 내쉬고
나무는 가슴에 꽂힌 가시들을 뿜어내고
나뭇잎은 눈물을 흘린다

모두가 살려고 발버둥 치는 것이
퍽 나와 같구나

## 제사

당신의 제사상 위에서
염치도 없이
저의 얼굴을 보았습니다

# 목소리 없는 사람들

영혼의 그림자가 잠든 바다에
노을이 녹는다

목소리가 없는 사람들은
저마다의 꽃을 들고 선다 바다 앞
서점 책장엔
영혼들의 이름이 있고
목소리가 있고
내가 있다

목소리와 꽃을 사들고
바닷가에 선다

목소리가 들린다

아,

이것은 나의 입에서 나오는 소리가 아니다

아니,

나에게서 나오는 소리다

# 꽃

계단 구석에
홀로 피어 있는 꽃

흙도
물도
그 어느 것 하나 없는데
어찌 살아 있을까

어른들은 말씀하셨지
아무도 관심 없는 저 꽃도
살아보려 애쓰니
너도 살라고

너는 악한 환경 속에서도
꽃을 피웠구나
너의 삶을 다 살아냈구나

나는 너와 달리
외로이 메마르다 죽을 잎이로다

# 말(言)

월요일 아침
학교 가기 싫어
죽고 싶다는 말을

시험을 망쳐
죽고 싶다는 말을

좋아하는 연예인의
콘서트 티켓팅에 실패해
죽고 싶다는 말을

우리는 너무나 자주
입에 담았다

그래서 네가
그렇게 빨리
내 곁에서 떠났나 보다

## 쓰레기통

기억하고 싶지 않은 과거를
종이에 적어
구깃구깃 접은 다음
쓰레기통에 집어넣으면
영원히 소멸됐으면 좋겠다

그게 미련이든 후회든
상처든 욕심이든
내 뇌리에 박혀 있던
그 모든 기억들이
모조리 빠져나오길 바란다

기억 따위 나지 않게
괴롭지 않게

## 세차

너는 밝은 세상을 향해
다시 태어나는데

나는 바다에 잠식되어
죽는구나

# 상실

혼이 나도
슬퍼도
아파도

웃는다

우는 방법을
잊어버린 지
오래다

# sns 친구

우리는 서로의 얼굴을 알지 못합니다
성별이 무엇인지
나이가 어떻게 되는지
무슨 일을 하는지
아는 것 하나 없지만

가족보다 더 많은 비밀을
우리는 서로 알고 있습니다

## 고마워

살아줘서 고마워
살아있어서 고마워
오늘도 버텨줘서 고마워

내일도 우리,
꼭
인사하자

## 아기 새

새는 바닥에 떨어지는 순간 죽는다
그러기에 한 번 펼친 날개는
멈추는 법이 없다

바람에 흔들리는 나뭇잎도
살려고 발버둥 치는 아기 새도
모두 내가 살아있기에 볼 수 있는 것들

자연의 냄새가 느껴지고
움직이는 소리가 들릴 때
나는 살아있구나 느낀다

포기하지 말자
힘껏 날아오르자

죽지 말자
살자

## 내가 만일

내가 만일
너를 진작 알아주었다면

내가 만일
너를 진작 토닥여주었다면

너는 나를
덜 괴롭혔을까

# 괜찮아

아무것도 하지 않아도 괜찮아
도망쳐도 괜찮아
쉬어도 괜찮아
아파도 괜찮아
울어도 괜찮아

다 괜찮아

살아있는 것만으로도
우리는
참 많은 노력을 한 거야

# 눈(眼)

내 주위엔 좋은 사람이 없다고,
나는 늘 혼자라고 생각했는데
내가 눈을 감고 있었다

# 가치 있는 사람

누군가와 같이 걸을 때에야
내가 가치 있는 사람이구나 느꼈다

사소한 것도 그를 위해
양보하고 도와가며
오로지 그를 위해
할 수 있는 일을 찾았다

정작 나랑 같이 있을 땐
내가 가치 있는 사람인 것을 모른 채

# 양가감정

죽고 싶었지만
살고 싶었네

행복해지고 싶지 않았지만
행복하고 싶었네

나를 사랑하지 않았지만
나를 사랑했네

내 삶은 암흑이었지만
내 삶은 안쓰러웠네

# 비 오는 저녁

길가에 멈춰
눈을 감자
삭막한 도시 속
침묵을 지키고 있던 소리들이
요동친다

우산 위로 떨어지는 빗소리
고인 물 사이로 뛰어가는 발소리

그리고,

나에게 불어오는 바람 소리

비가 오는 것 하나만으로
문득 모든 것이 평화로워 보이는 날

## 위로

법당에서 스님의 강연을 듣고
우리는 각자 가슴 속 깊이 묻어둔
라디오를 켠다

서로의 라디오를 듣는 순간
우리의 얼굴엔 입이 없다

나에게 담긴다 허깨비
쌓여온 세월의 눈물이
서글픔이 서린 목소리가

손의 온기가
허깨비의 가슴에 닿는 순간

우리의 얼굴엔
눈물의 웃음꽃이 핀다

# 살아있었기에

살아있었기에
죽음을 꿈꿨네

살아있었기에
삶을 바랐네

살아있었기에
꿈을 포기했네

살아있었기에
꿈을 이루었네

# 원동력

가장 괴롭게 한 것이
살게 하였다

# 너는 왜 하필

너는 왜 하필
나에게 찾아와
나의 몸을
마음을
모조리 망쳐놓았는지

너는 왜 하필
경증도 아닌
중등도로 찾아와
나에게서
삶을 빼앗아 갔는지

너는 왜 하필
내가 사랑하는 사람들에게 찾아와
다 피어 내지 못한 꽃을
데리고 떠나갔는지

너는 왜 하필

너는 왜 하필

너로 인해
내가 단단한 나무로 설 수 있게 한 건지

## 연대

같은 아픔을 겪고 있다는 이유로
아무 말 없이
힘이 되어주는 사람들

말하지 않아도
마음으로
충분히 함께하는 사람들

## 무지

아이가 운다
그러나
갓 엄마가 된 그녀는
아이가 우는 이유를 알지 못한다

강아지가 힘없이 축 늘어져 있다
그러나
주인은 이유를 알지 못한다

아이는 계속 울고
강아지는 계속 힘이 없다

무엇이 그들을 괴롭게 하고 있는 것일까
알 도리가 없다

그들만이 알 수 있는
그것

## 알아차리기

힘이 들면
힘들구나

아프면
아프구나

화가 나면
화가 나는구나

눈물이 나면
눈물이 나는구나

내 마음을 알아주자

그 어떤 감정도
나쁜 것도,
나약한 것도 아닌
감정의 일부뿐이니

시간에 삶이 휩쓸려가듯
그저 그대로 흘러가게 놔두자

## 십이월

내가 태어나고
내가 죽었을 때

그 모든 순간
나는 살아있었음을.

## 하루

너에겐 별것 아닐지도 모를
그 한마디가

내 하루를 결정짓는다는 것을
너는 알까

너의 말 하나에
나의 하루는
숨이 멎은 구름이었다가
미소 짓는 태양이었다가.

# 보름

하늘을 바라봤어
이렇게 하얗고 밝은 달은 처음이야
사랑스런 너를 떠올려서인가 보다

달빛은 꽃을 피우고
구름은 날개를 펴
아마 밤사이 천사가 네게 다녀갈 건가 봐

부디 행복한 꿈을 꾸렴

내가 너에게 보내는 선물이란다

## 우체통

당신의 체취를
당신의 미소를
당신의 목소리를

우리의 추억이 담긴
봉투에 담아 보냅니다

새로 날라와
아름다운 노랫소리로
불러 줄 당신의 답장을
기다리겠습니다

## 잔상

당신과 나이가 같음에도 불구하고
그때 난 어렸고
당신은 어른다웠다

당신보다 어렸던 나는
사랑하는 법을 몰랐고
사랑하기엔 당신보다
턱없이 미숙했다

당신을 얼마나
사랑했는지 알게 됐을 땐
이미 당신은 내게서 떠난 후였고

내 기억 속에 남아있던
당신의 잔상만이
긴 세월 속에서
나와 함께 하고 있었다

# 손

당신의 손은
사진첩과 같다
선명하게 보이진 않지만
당신의 일생과 기억들이
고스란히 당신의 사진첩에 들어가
주름이 되었다

## 부재

상처가 아문 자리에
흉터가 남았다
기억하고 싶지 않은
상처들이 흉터로 인해
지울 수 없게 되었다

당신의 부재 또한
흉터와 같았다

# 팬

이젠 다 무의미하다고
마음에 안개가 피고
온 세상이 흑백이었던 그때

네 입이 내 심장에 박혔다

분명 계속 봐왔던 너인데
왠지 그날따라
텔레비전에서 흘러나오는
너의 주파수는
나의 새 생(生)을 머금고 있었다

## 드라마

드라마를 보는 것이
시간의 낭비라고 하기에는
나와 너무 닮은 내가 있어
쉽게 눈에서 벗어나지가 않는다

## 조바심

아직 일어나지 않은 일에
지레 겁먹지 마세요

아무리 당신이 걱정을 한다 해도
당신이 그 사람의 마음을 대변할 수 없고
그 사람의 사고를 예측할 수 없으니

# 친구

혼자 다니면 외롭지 않냐고
친구 좀 사귀라고
당신은 나에게 말했다

나는 언제나 혼자가 아니었다
오늘도 새로운 친구를 만나러 간다

'나' 라는 친구를.

## 포기

네가 선택한 길을 포기한다고 해도
네가 사랑하는 사람을 포기한다고 해도

너 자신만은 포기하지 않기를.

# 입양

네 마음에 있는 어둠이
부디 환한 빛으로 가득했으면 좋겠다

황폐한 곳에서 벗어나
나에게 달려오던
어여쁜 아이야

이젠 아파하지 말아라
행복하여라
네가 가는 곳은
인제 혼자가 아니다

# 행복

아침에 일어나
따뜻한 물로
샤워를 하고

따뜻한 차를
마시고

시원한 바람을 맞으며
너를 떠올리고

강아지를 품에 안고
잠이 드는 것

그것만으로
나의 삶은
행복이었다

# 도착점

저 멀리 보이지 않는 도착점을 향해
발을 내딛는 지금
과연 내가 저 끝까지 갈 수 있을까
체력만 한탄하고 있진 않나요

나보다 어린 사람들도
능력이 부족한 사람들도
앞에서 뛰고 있는데
그런 사람들을 보며
괜히 스스로를 위축시키고 있진 않나요

멀리만 보지 말고
바로 앞에 있는 것부터
주변에 있는 것부터 살펴보세요

꼭 도착점에 도달해야겠다는
의무감을 갖기보다는
지금 할 수 있는 것을 찾아보세요

작은 거라도 괜찮아요
침대에서 일어나기
세수하기
밥 먹기

작은 거라도 우리
먼저 시작해 봐요

## 1230

친구들과 생일파티를 할 때면
나는 늘 꼴등

그러나,
시계가 말해 주었어
'1'
네가 첫 번째로 소중하다고

# 낙엽

새 생명 다한 낙엽을 보며
누구는 떠난 이를 그리워하고
누구는 벗 삼아 논다

낙엽은
세상을 떠날 때까지
사람들에게 선물을 주고 떠난다

나도
죽는 그 순간까지
누군가에게
선물이 되어주고 싶다

# 봄

겨울이 봄보다
낮의 길이가 짧고
밤의 길이가 긴 것처럼

당신의 마음이
시린 겨울에서
오래 멈춰있다고 해도
걱정하지 말아요

당신의 마음에도
언젠가
봄이 올 거예요

## 안부 인사

오늘 기분은 어떠신가요?

당신의 하루가
부디
평안하시길 바랍니다.

# 너는 알았을까

19살의 너는 알았을까
6년 후에 네가 무슨 일을 하며 살아갈지

21살의 너는 알았을까
4년 후에 네게 어떤 일이 일어날지

23살의 너는 알았을까
2년 후에도 네가 살아 있을지

24살의 너는 알았을까
네게도 봄이 피어날 것이라는 걸

사람의 앞날은 알지 못한다
그러기에 흥미로운 일이다

내가 만약 그날
내 삶의 끝자락에서
나를 저버렸다면
맞지 못할 봄이

스물다섯,
내게 왔다

<처음 살아보는 오늘을 위해>

이다혜

이 것은 대단한 위로가 아닙니다
이 것은 커다란 감동도 아닙니다

펜이 종이 위에 할 수 있는
단 한 종류의 배설

때로는 감내하고
때로는 내려놓을 수밖에 없던
감정의 요동 속에서

욕심내어 몇 가지를
감히 선물해 봅니다

당신, 그리고 나에게

# 그 날

나는 길을 잃은 줄로만 알았네
어딘가를 향해서 끝없이 달려가며
헤매이고 또 헤매이면서
희미한 빛이나마 잡아볼까 잡히지 않던 그날
끝끝내 깨달은
잃어버린 것은 길이 아니라 나라는 것을

## 외로움

사람들 속 지나치는 몇 만개의 찰나 중에서
그 것은 나를 그렇게 찾아오고는 했다
채 외투도 챙기지 못한 늦가을의 바람처럼
살갗을 아주 건조히 태워가며
꼭 내 피부를 다 들어낼 기세로
어느 아무렇지도 않던 그 가을날,
스웨터 사이를 파고 들어들어 나를 찾아온
누구에게 털어놓을 수도 없이
하루는 계속되고 밤은 길어진다
해가 너무 짧구나
추운 계절이다.

## 오래전 일기

언젠가 나이가 한참 들고 나면
젊음을 모르던 시절의 젊은 내가 그리울 거라며
어리고 철없이 무모한 감정과 행동들이,
그 서툰 것들이 그리워지겠지

평생 열여덟일 줄 알았는데
나는 가만히 시간만 흐른다

"어리니까 괜찮아, 아직 어리잖아."
철없고 무모했던 그때의 아이는
어느새 핑계쟁이가 되었고

나는 어른이 될 수 있을까
그것은 나이인가 경험인가
또 아니면 감정인가

내일은 무엇을 해야 할지 걱정하지 않던
날들로 가고 싶다

그 날 아침 밥상에 남기고 온
계란후라이가 먹고 싶다.

# 불면

악몽을 꿀까 두려운 것도
옛 애인을 향한 그리움도
어머니가 보고 싶은 향수도

어떤 이유로도 정의할 수 없는 종류의 외로움에
결국 밤을 지새운다

아침을 향하는 시계바늘도
생각의 줄기를 절단해내지는 못했다

잠에 들기조차 싫은 날이다

고독은 나를 단단히 만들다가도
한순간 무너뜨리고 만다

무던해질 때 쯤 나를 다시 부수어뜨리는 잔인함

푹신한 이불 속이 이리도 차가울 수 있나

## 장기투숙

너는 문을 열어 들어왔고
나는 너의 집이 되었다
비가 오면 너는
내 안에서 비바람을 피하고
편히 몸을 뉘어 쉬기도 하였다
나는 네가 나가지 않길 바라서
문을 꽁꽁 잠가두었다
창문 밖의 비둘기를 한참이나 바라보던 너는
그것을 열어 밖으로 나갔다
그리고는 허락 없이
나의 문을 몇 번이나 열고 들어왔다
노크도 하지 않고
초인종도 누르지 않았다
자물쇠는 끊어졌고 문고리는 헐거웠다
몇 번이나 발에 치인 문은 너덜거렸다
너는 내 안에서 몸을 뉘었다

잠깐 쉬고 일어난 너는
문을 닫아주지도 않고는 가버렸다
너의 집이라 착각했던
작은 여인숙

# 생각넝쿨

이십분이 훨 지났다 약을 먹은 지도 본래 잠이 들고도 남았을 시
간, 그냥 그러기가 싫었다 이유를 알고 싶지도 않아 생각하지 않
으려했다 그럴수록 생각은 담쟁이마냥 의식을 타고 자라나기만
했다. 생각하기 싫다는 생각을 또 한다 굵은 넝쿨줄기들이 벽에
붙어 떨어지지 않는다

# 치륜(齒輪)

부품 하나가 낡았다
녹이 슬어 움직이지 않는 작은 나사하나
결국 조립을 다 해체해야만 했다
멀쩡한 줄 만 알았던 감정의 톱니바퀴가
모조리 뒤틀리고 엉킨다
본래의 모습을 찾기 위해
또 얼마동안의 시간을 지새야 하나
인간은 이렇게 한 번 더 단단해진다
세아릴 수도 없이 많은 조각들이
나를 향해 망치질한다.

# 부재

전구를 갈아 끼우다 튄 불꽃에 생긴 화상자국도
수리기사에게 돈을 쥐어줄 때 이유 모를 떫음도
별 것 아닌 소문에 몇 번이나 바꿨던 도어락도

그대를 원망토록 한 적은
단 한순간 장면조차 없었다

교복을 입던 어느 날
소나기에 딸을 데리러 온 자가용 사이로
나는 체육복을 뒤집어쓰고 달리며
울음을 겨우 삼켰다

머리칼 아래로 빗물이 뚝뚝 떨어지고
치아를 딱딱 부딪치며 바들거리는 채로

열린 버스 문 사이로 승강장을 바라볼 때에

슬리퍼 차림으로 양말이 다 젖은 줄도 모르고
발을 동동 구르며 딸을 기다리는 여인의 왼손
들려있는 작은 우산 하나

나는 그 순간만은 아버지 당신이
그토록 그 토록이나 원망스러웠습니다.

# 묵비권

해답을 듣지 못한 물음표들

이따금씩 돌이켜보고는 해

너의 눈동자는 어딜 향해 있었나

그 한숨에는 또 무엇이 담겨있었나

나를 이제도록 생각게 하는

아주 이기적인 침묵 속에서

# 창문 밖으로

비가 내린다

작은 나의 방 작은 나의 창은
비를 담아 내게 주기에 턱없이 모자라구나
반대편 아파트 반듯하게 정렬된 창문들
빼곡히 감옥 같기만 하다
아쉬워 창틈 새로 손을 내밀어 비를 만져보지만
이제 손끝에 닿는 것은 빗소리조차 없다
눅눅한 이불 안으로 얼굴을 묻고
헝클어진 머리카락을 감지도 않은 채로
숨소리도 새지 않는 반나절을 더 보냈다
투둑거리던 속삭임이 그쳤다
나는 더 게으르고 싶었는데
너를 더 보고 싶었는데
부지런한 비는 잠시 쏟아 내리고는 가버렸다
창에 맺힌 이슬이 한 방울 틈새로 떨어진다.

## 영결(永訣)

죽어서야 용서되는 것들이 있다
어떤 증오심과 원망, 혹은 애석함

나는 내 안에서 너를 죽였다
너의 시신을 화장해 가루조차 날렸다
네가 남겨간 유품 역시 모두 태웠다

산 사람을 죽이는 짓은
인간이 행할 수 있는 가장 큰 잔인함

나는 너를 보냈다

가슴이 찢어발겨진 채
잿가루를 손에 묻힌 살인자

# 옆 침대의 남자

모두 같은 옷을 입은 넓지 않은 공간
의식 없이 누워있는 옆 침대의 남자
달리는 지하철에 몸을 던졌다하네

살아있는 것이 기적이라는 그는
겨우 한쪽다리만을 잃었네

나는 참 반인륜적이게도
죽지 못한 그가 너무나 불쌍해

살아서는 아무것도 뜻대로 되지 않아
허나 죽음마저도 뜻대로 되지 않은 그에게
하얗게 밝은 이 곳은 곧 디스토피아

지옥이 있다면 눈을 뜨는 그 순간일까
천국으로 가지 못한 그에게 애도를 표하며

# 용서할 용기

학창시절 나를 괴롭히던 그 애가
취직을 했다는 소식을 들었다

며칠을 골려줄 궁리를 했으나
그 애를 내려다보며
내가 겨우 한 것이라곤
옛 추억의 담소를 나누는 것 뿐

반갑게 손님을 맞아주는 그 표정 앞에
맘에 안 든다며 진상을 피울 용기도 없었고
일한지 얼마 안 됐다는 겸손한 목소리에
자존심을 짓밟아줄 용기도 없었다

그간의 내가 너무 수치스러워
한참이나 그 애를 내려다보면서도
일순간 통쾌하지가 않았다

예전 일들을 되갚을 용기는 없었으나
앙금의 양동이를 다 비워낼 용서는 있었던 건지

양동이 안쪽 구석 끼어있던 이끼가
턱, 하고 떨어지는 소리가 들린다.

## 무화과

초등학교에 입학하기도 전
우리 동네에는 무화과나무가 하나 있었다

아주 높고 커다란 나무를
나는 오르지도 못하고 매달리지도 못해서
멍하니 쳐다보며 흙장난을 쳤다

이미 입이 반쯤 벌어진 그 과일을
손으로 뜯어내어 내 입에 넣어주고
남은 몇 개를 집에 가져가고는 했다

내가 무화과를 먹은 것은
그때가 마지막이다

이제는 잘 찾아볼 수도 없는 무화과나무

검게 익은 피부
주름진 얼굴

당신 떠나고 얼마 안 되어
나무는 베어버렸어요
그 뒤로는 먹을 수가 없어요

작산년 나를 나무라시던
파마머리 할망, 무화과

## 용담 바닷가에서

묻고 싶었다
잘 지내느냐고
요즘도
담배는 끊지 못해 피냐고
함께 걷던 해안도로
짙은 바닷물 내음도
아직
향기로우냐고

## 거울이 되어

나를 향해 울어버리는 까닭은 뭔가요
당신의 눈물을 비추는 것은
내게는 커다란 슬픔인 것을

나를 보며 한숨을 짓는 까닭은 뭔가요
당신의 아픔을 비출 바에야
이대로 깨어져버리고 싶소

당신의 미소와 당신의 사랑을 비추리라
나는 생각했는데

당신은 웃음을 지어줄 수는 없나요

내 마음이 아프잖아요

나는 영원한 당신의 거울이 되어

# 익숙함과의 이별

"저 이제 그만둬요."

그다지 있으나 마나 한 사람이다
얼마안가 얼굴마저 잊어버릴 사람
본 시간을 다 합쳐도 몇 시간이 될까
우리 집 근처 편의점 새벽 아르바이트생

고양이 장난감을 하나 버렸다

질린 듯 재미없어하기에
새것을 하나 꺼내주어야지
분리수거를 하고 쓰레기를 버리는 순간까지
애처롭게 야옹야옹 울어댄다

며칠
혹은 몇 달

아주 짧은 새에 익숙해져 버린 거다
그들과 이별 역시 어렵지는 않다

그러나 익숙함과의 이별은 어렵다

소외받아야만 하는 익숙함
그리고 언제나 각광받는 새로움

그 애는 그렇게 떠남으로
존재를 사기시키고는 한다

나를 떠나간 무수한 것 들 역시
이렇게 한 번 쯤 날 떠올려 주겠지.

# 사냥꾼

사내는 멀리 있는 토끼를 겨누고 시위를 당기네
팽팽히, 더 팽팽하게

팅!

고무줄 끊어지는 소리에
토끼는 놀라 도망가고 말았네

모든 것에 관대하면서도
왜 나에게만은 그리도 매서워야만 했는가

고무줄이 팽팽해지는
아주 짧은 찰나를 위해 시위를 계속해 당기며
몇 번의 사냥감을 놓치며 살아왔던가

눈알이 빠지도록 목표를 좇으며
왜 토끼가 다가오기를 기다리지 못했나

새총 줄이 끊어지지 않게 잘 관리하는 것이
곧 명사수라는 것을
사내는 알지 못했네

# 넌 내 맘 몰라 진짜

우리들은 항상 혼자 앓고 혼자 아프려 한다

고통은 누구보다 극심해야하고
흉터는 어떤 것보다 깊어야하고
마음은 꼭 썩어문드러지면서도
그 냄새를 풍기지는 말아야한다

누군가
'나도 그렇던데' 입을 떼는 순간
내가 겪은 것들은
아무것도 아니게 되고 만다

결국 그 것들은

나를 보는 어떤 이의 안쓰러운 시선에서
그 크기가 결정되고는 한다

이제까지 너는 겪지 못했던
너는 모를걸 이런 나를

슬픔의 필수조건

# n번의 이별

평소와 다른 것은 없었다

나는 눈을 뜨고
치약을 짜서 칫솔질을 하고
머리를 말리고
다시 화장을 했다
평소와 같은 하루를 보내며
웃고 떠들기도 하였다

그러나 그 중에서도
이별이 아닌 것은 없었다

눈을 뜨면 확인하는 휴대폰 화면 속
너의 연락은 오지 않는다
하루 종일 전화로 떠들어대던
너의 목소리도 없었다

하루를 끝내면 잘 자라는 인사 없이
홀로 잠에 들어야만 했다

숨 쉬는 매 순간 이별이 아닌 것이 없었다

우리는 단 한번 헤어졌고
나는 백만 번의 이별을 더 견뎌야했다

숨을 내쉴 때 마다 너를 내쉬면서도
도저히 빠져나가지 않던 그 것

# 버스 안에서

수다를 떨며 서로를 향했던 눈동자
얼굴이 아니라 손바닥에 박히고
귀에는 제각각의소리를 우겨 넣고
혀를 이 안에 가둔 채로
아주 얌전히 예절을 지킨다
입술은 이제 떠들 줄을 잊고서
혓바닥 대신 손가락으로 웃는다
나는 이 삭막한 북적거림 속
철없는 여중생의 깔깔거림이
저녁거리 들고 집에 가는 아주머니의 비린내가
마주보며 나누던
그 무례함이 그립다.

# 모퉁이 식당

골목길 돌아 모퉁이 식당 앞
앉아있는 할매 무슨 생각을 하나
쳐진 가슴 힘없는 어깨 까만 얼굴은
멍하니 지나가는 차들만 보고 있네
지나간 청춘이 무색하였나
먼저 보낸 임이 원망스럽나
그것도 아니오라면
추적이는 비가 당신을 울리던가
앞에 놓인 찐 감자가
다 삭아 없어지도록
할매, 할매

## 스탠드

빛이 잘 들지 않는 어릴 적의 내 방
책상 위를 지키는 얇은 몸뚱이
허리가 쑤신지 자꾸만 고꾸라지네
이제는 그리 밝지도 않은 빛을
여전히 비추며
굴러가는 펜을 살피는 주광색의 경비
머리위로는 옅게 먼지가 쌓였네
누군가를 비춰주는 그는
언제나 고개를 숙이네.

# 행복을 찾아서

행복해지고 싶어
그래서 그렇게 믿었지
결핍의 굴레에서 벗어나지 못한 어느 순간
나는 최면의 벽에 아득히 부딪히고야 말았다
아,
무엇이 나를 불행히 만들었나
나는 불행하지도 않다
그저 조금 비어있을 뿐

원래 한 조각이 모자란 퍼즐
모순처럼 그 것을 찾아 뜀박질을 이어가는

완성된 그림을 다시 채우려 채우려
맞지도 않는 조각들을 대어보고
절망하고 무너지는 다시 얼간이가 된다.

# 사진 속의 얼굴

한 여자가
무언가를 찾으려 열었던 서랍 속에서
우연히 오래된 사진 몇 장을 마주했다

서툰 사진 솜씨
구겨진 얼굴과 몸뚱아리
못생긴 표정과 망가진 피사체

신기하게도 그 모습이 아름다워 웃었다

프레임 안 담겨있는 그들은
예쁘지도 잘생기지도 않았다

그러나 서로의 눈에 담긴 그들은
그 어떤 것보다 어여쁘고,
그 어떤 순간보다 진실하였다

사랑받는 남자는 이렇게 생겼구나
사랑하는 여자는 이렇게 생겼구나

사진 속 쭈뼛거리는 표정의 여자는
꾸미지 않아도, 밝게 웃지 않아도
삶의 어떤 시간들보다 빛났다

그녀는 사진을 들고 서랍 앞에 한참을 앉아있는다

그리운 것은 우리인가, 혹은
그 시절 빛이 나던 그녀인가

여자는 한참이나 그 표정을 잊고 살았다
이런 표정을 지을 줄 아는 사람이었다는 것도

# 행복한 멍청이

인간이 느낄 수 있는 감정의 개수는
너무 많아 세아릴 수나 있을까

나는

아버지가 실직하던 어느 날 좌절을 배우고
소리치며 싸우는 부부에게서 분노를 배우고
나를 싫어하는 이에게 질투를 배우고
질투는 다시 증오를 가르쳐주었다

우등생이었던 인간

현실의 벽에 때때로는 좌절했고
언성을 높이며 분노를 게워내었고
잘난 누군가를 질투하기도 했고
나약한 나 자신을 증오하기도 했다

나의 작은 고양이

5킬로그램 남짓 네발달린 친구는
그의 세계 내 작은방의 모든 것을 사랑해
침대와 화장대 서랍장 싱크대
그리고 아주 작은 모서리까지도
온 세상을 사랑으로 범벅질 하네

사랑 아닌 감정을 가르쳐준 이 아무도 없어
컵을 깨고 집안을 난리쳐놓아도
사랑 말고는 준 적이 없어
귀여워 예쁘다 사랑해주는 사람들 속
그는 사랑 말고는 배운 적이 없다

아이큐 50의 열등생
내 종아리에 사랑을 듬뿍 바르고 가네

## wedding

호랑이 장가가던 가을날
하늘에도 눈물이 났다

쉼 없이 터지는 플래시 속 신부는
그녀 인생 중 가장 예쁜 모습으로 웃었다

하얀 드레스와 어울리는 귀여운 부케
여기 모인 누구도
그녀를 아름답다 여기지 않는 사람 없었다

세상에서 가장 아름다운 그녀를
품에 안고 토닥이며 어머니는 우셨다

그것은 기쁨인가 슬픔인가 혹은 아쉬움인가

비는 더 굵게 내리고
구두신은 발목으로 물방울이 튀오른다
머리위의 하늘은 모순되게 푸르다

울며 웃으며 키워온 자식새끼
이제 이 품에서 놓아주어야 하네

그녀는 이제 내가 되고 어머니가 된다
정의내릴 수 없는 감정이 모녀의 뺨을 훑고 간다

너 시집가는 날 벅차오르던 어머니 가슴이다.

# 방청소

벽장 위 덮인 먼지처럼
닦아내면 지문 틈틈이 끼었다가도
털어내면 힘없이 바닥으로 떨어진다

언제 또 이리 쌓였나
지금에야 잠시 깨끗이 없애보아도
모르는 새 다시 수북이
이제나 보면 또 이리 모였구나

후
내뱉는 작은 숨에도
금세 흩어져 날아가 없다

어쩌면 낡은 내 마음이
자꾸만 너를 부르는가

새하얀 걸레에 묻어나는 너를 보고
내 마음은 아득히 까매진다.

# 빨간 건 사과

사과는 물었다
"저는 무슨 색인가요?"

사람들은 모두 빨간색이라 답했다

사과는 좌절했다
하얀 안쪽을 채 내비치지도 못하고

사람들은 빨간 사과를 원하고
그럴수록 사과 안쪽은 짓무르기만 했다

사과나무가 얘기했다
"얘야, 억지로 빨간색일 필요는 없단다.

너는 본디 빨갛게 태어나지도 않았다

녹색부터 노란색, 주황빛을 거쳐
후에 무슨 색이 될지 아무도 모르지

붉은 것은 햇빛에 물든 너의 일부일 뿐

그냥 그 안의 씨앗이
온전히 사과 너 자신인 것을 잊지 말거라

## 하지 않음에 대하여

참 쉬웠던 것들이 있다

그대 없는 채로 살아가는 것
남겨진 이들의 곁에서 의지가 되는 것
씩씩한 표정으로 항상 웃는 것
너의 빈자리를 나로 가득 채우고
일상 속에서 아무렇지 않은 척 하는 것

그리고 아주 어려웠던 것들

살아가며 그대를 생각하지 않는 것
곁에 있는 이들을 실망시키지 않는 것
우는 표정을 들키지 않는 것
일상 속에서 아주 작은 너를 발견하고서도
이제 정말 아무렇지 않아지는 것

# 강물

그 누가 돌멩이를 던져
혹은 폭풍우가 내려
또 아니면 썩은 나뭇잎 때문에
울렁이고 더럽혀져 괴로워하나요
개구쟁이 아이들의 소란에
흙탕물이 될까 걱정하나요
그렇다면
그 것들을 건져내지도 몰아내지도 말고
아이들을 쫓아내지도 말고
그냥, 그대로
그렇게 가만히만 두세요
당신의 강은 절대로 사라지지 않은 채로
아주 온전히 그 모습으로
그들은 결국 다 가라앉고서
평온하고 잔잔하게
다시 맑은 물이 흐를 테니까요.

# 퇴근길

문득 시선에 든 검은 자동차
앞 유리창 붙어있는 벚꽃 잎

예쁜 곳을 다녀왔구나

그는 주말을 사랑으로 가득 채워 보내고
넘실거리는 봄들은 바람에 날려 나에게 온다

앞서 걷던 잠옷차림 여자애들이 점빵에 들어간다
감지 않은 머리, 화장기 없이 안경 쓴 얼굴

퀭한 피부와 옅은 입술 또한 사랑스럽구나

무척이나 만족스러운 하루의 연속 중에서
나는 조금 더 잘 살아야겠다고 다짐한다

조금 더 행복해져야겠다,
그래 행복해야겠다

제일로 나를 위해서,
그리고 나와 같을 누군가를 위해서

# 일요일 오후 네 시

발코니 틈 작은 하늘로
하얀색 나비가 날아간다

높이도 나는구나
너는 내가 보고 싶어 여기까지 온 걸까

누군가 나에게 물었다
너는 꽃이고 싶으냐고, 아니면 나비이고 싶으냐고

꽃이 아니라 나비가 찾아오지 않는 거라며
투정했던 언제 적의 나는
아마 꽃이 되고 싶다 대답했겠지

잃지 않기 위해 용기내야 한다며
당찼던 어느 날의 나는
나비가 되고 싶다 했을지도 모른다

그러나 꽃은 얼마 안가 져버리고,
나비는 곧 떠나고 만다

나는 봄이 되고 싶다고 대답했다
비를 내리고 해를 쬐어 내 안에 꽃을 피우고,
나비를 품어 따스함을 선물하는 봄

시들고 나면 떠나는 나비도 아니요
뜨거운 볕에 말라버리는 꽃도 아니요
추위 끝에 온 생물이 기다리는 간지라운 봄

나비가 꽤도 높이 나는구나

해가 드리우는 발코니 언저리에 나비가 머물다 간다

따사로운 날이다, 봄이 왔나보다.

## 풀이과정

거울 앞에 앉은 여자는 생각했다
'오늘 화장이 잘 됐구나, 예쁘다'

아차,

거울 속 그녀가 예뻐 보였던 마지막 순간은
언제쯤이었을까

온몸이 무너질 듯 했던 몸살도
관자놀이가 쓰라리던 두통도 모두 나았다

뭉개진 시간 끝의 정답이다

만점짜리 시험지 대신
오류와 실수를 가득히 담아 풀어낸 숙제

거울 앞의 여자는 당장 오늘 약속에서
구두굽이 부러져 넘어질지도,
혹은 말실수를 하게 될 지도 모른다

다음 문제에서도, 그리고 그 다음도
우리는 여전히 실수를 하며 답을 써내려갈 것이다

그러나 오늘 그녀는 알게 된 것이다

내 눈에 예쁘지 않았던 수많은 나날들마저도
나는 여전히 빛나고 있었다는 것을.

# 일기예보

창문 밖에 하늘이 맑아요
그렇지만 오늘 저녁에 비가 온 다네요
우산을 챙기셔야겠어요
아마 챙겨나간 우산이 짐이 될 지도 몰라요
혹은 걷지 못한 빨래를 후회할 수도 있겠죠
무엇도 다 그래요
수백 번 수천 번을 겪고
확률로 예측할 수 있는 것들도
때때로는 짐이 되고 후회하고 말죠

비가 온 다네요
우산을 써도 아마 비를 맞겠죠,
몇 번이나 그랬던 것처럼.

# 여름 밤

이름도 모르는 학교 운동장 쪼그린 채
새벽이 가는 줄도 모르네
어깨를 맞댄 두 젊은이는
말없이 서로를 쳐다보며 웃었고
푸르스름한 하늘 사이로
두 개의 별은 쑥스러이도 빛나네

# 약속

영원한건 절대 없고
결국 난 혼자라는 가사 말처럼
세상 영원한 것은 그래 존재하지 않는다
서로를 간절히 원했던 언젠가의 표정을
이제는 영영 볼 수 없음을 나는 안다
시간은 눈가의 굴곡으로 지고
무수히 많은 감정의 교환 속
새로움은 익숙함으로 변질되겠지
달콤한 것들은 금방 물리기 마련이라
쓴맛만 남은 커피찌꺼기처럼
모든 것은 얼마가지 않아 무뎌지겠지
언젠가 변할 너와 나에게
나는 약속하기를 바라
절대 처음과 같지 않을 것
처음과 같이 나를 사랑하겠다 거짓말하지 않을 것
거짓으로 포장해 사랑을 선물하지 않을 것

회전하는 시계바늘 사이에서
나는 너로 너는 나로
서서히 스며 변해갈 것
달고 짭짜름한 별미(別味) 속 아릿함 대신
서로를 끌어당기는 감칠맛으로
아주 가끔은 서로를 안아줄 것

## 새로움은 언제나

새 운동화를 신고 처음으로 학교에 가던 날
너무 떨려 누가 깨우기도 전에 일어났지만
돌아올 때쯤에 새신은 잔뜩 더러워져있었다

처음으로 무대에 오르던 순간
긴장감에 손발이 저리고 침이 바싹 말랐지만
내려오며 작은 실수를 몇 번이고 자책했다

처음으로 홀로 자게 된 순간에는
싱숭생숭함에 밤새 뒤척거렸지만
가족에게 더 충실하지 못했던 과거는 늘 아쉽다

처음 하는 것들은 두렵지 않은 것이 하나 없다
그리고 지나온 것들은 아쉽지 않은 것이 없다

자고일어나 맞는 하루의 시작은
결코 두 번째일 수 없듯

처음 사는 오늘 역시 두렵고
지나버린 어제는 후회스럽다

그럼에도 우리는 살아내야만 한다
익숙함 없는 하루의 시작